设计广场 系列基础教材

图形创意

TUXING CHUANGYI

顾劲松 著

上海市教育委员会 组编

广西美术出版社

I AM COMING

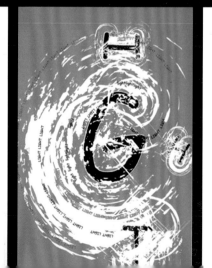

作　者：顾劲松

性　别：男

简　介：1973 年出生

1996 年毕业于上海师范大学油画系

1997 年赴荷兰阿姆斯特丹艺术学院就读

2000 年毕业于阿姆斯特丹艺术学院

2001 年至今任教于上海工程技术大学艺术设计学院

序

　　21世纪是一个体现完美设计的时代。对今天的人们来说，设计不再是仅仅局限于造物、造型和设色，或只是为了人类自身的行为。设计的根本是合理。我们必须面对现实、面向未来，对全人类和世界上所有生灵的和谐生存进行全方位的、立体的、综合的设计。因此，对设计含义的提升和设计内容的扩展，当是今日设计教育和研究中最为重要的课题。

　　随着全球经济一体化的进程，我国经济也进入了一个高速发展的时期。国力的不断增强，文化艺术和教育事业的大力发展，必将有利于提高和强化国人的文化素养和审美情趣，有利于促进当下及未来人们生活方式的改良和优化人们的生活环境，进而让人们的生活臻于极度的合理与完善……今天，设计已成为创造新生活，改变、推进社会时尚文化发展不可或缺的手段。构建人文日新的和谐社会，已逐渐成为设计人的共识和设计教育的宗旨。

　　高等专业教育是一个国家实现设计高水平的重要保证，而教材与教学参考书则是这一保证体系中重要的一环。上海市教育委员会针对目前艺术设计教育界设计参考书繁杂、水平良莠不齐、教材面对的学生层次不明等问题，专门组织具有优秀设计能力和丰富教学经验的教师，编写了这套"设计广场"系列设计教材。笔者对上海市教委的这一经典举措感到欣慰和钦佩的同时，对这套专业教材的成功付梓，表示由衷的祝贺！

　　这套设计教材作为上海市教育委员会高校重点教材建设项目，具有相当强的知识性、指导性、实用性和针对性，是专门为艺术设计专业在校大学本科生而编写的系列设计教材。全套书共设10个独立单行本：工业设计、染织设计、服装设计、VI设计、室内设计、图形创意、现代陶艺设计、新多媒体设计、基础图案设计、色彩构成。每本教材的理论论述全面而精要，简洁而准确，表述深入浅出，分析透彻明了，并配有大量国内外最新的图片资料和学生优秀作业辅助说明，力求具有鲜明的专业性和时代性，是艺术设计院校和设计专业理想的学习教材，对广大设计人员和设计爱好者来说，也是一套很好的设计参考读物。

　　相信这套设计教材的问世，会对推动上海乃至我国的设计事业和设计教育的长足发展产生积极的作用。它的重要价值，将在未来不断地显现。

　　是为序。

张夫也　2005年春于北京松榆书斋

（张夫也，博士，清华大学美术学院艺术史论学部主任、教授、博士生导师，《装饰》杂志主编）

目录

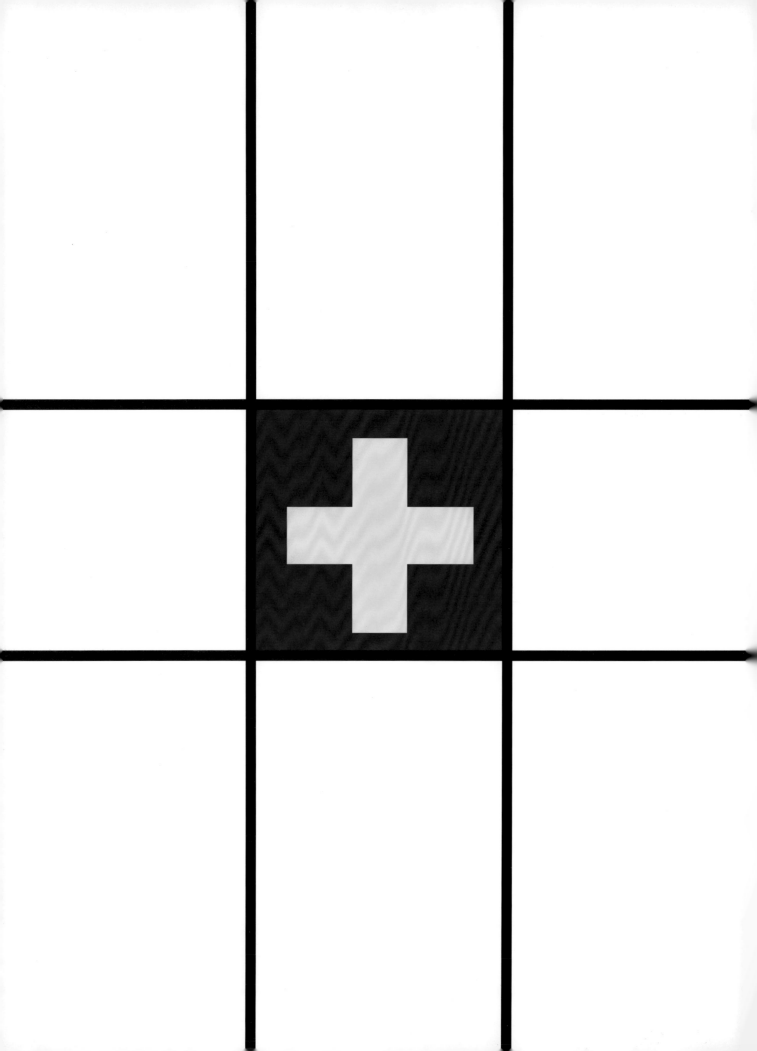

第一章

图形的含义

第一章　图形的含义

图形，"GRAPHIC"这一概念源于20世纪20年代，它是指一种说明性的视觉符号，它是介于文字与美术之间的视觉语言形式，是传达设计信息的载体。

一个图形由这两个方面的内容组成：

1.图形中的概念。

2.图形的视觉形态。

图形的最终目的是信息传达，这种信息传达是图形的概念和图形的视觉形态共同作用的结果。

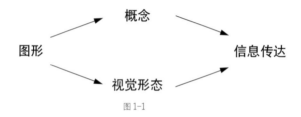

图1-1

图形创意的目的是发掘与运用图形的视觉形式和图形背后的概念成分，以及寻找视觉形式与概念之间的关系，并进行视觉信息的传达。（图1-1）

一个优秀的图形应该具备这样的特性：准确完美的信息传达。这种信息指向是通过图形完美的视觉形态和图形明确的概念指向来体现的。

图1-2是瑞士著名设计师克拉斯·特罗克斯设计的一张颇具震撼力的招贴，它是为了表达希望瑞士加入欧洲联盟的主张，设计师将本应是红底白字的瑞士国旗变成了蓝底黄字，而蓝、黄两色是欧盟旗帜的颜色，从这个概念上他表达了加盟的愿望，这使许多瑞士人因为看到国旗变成了如此奇怪的另一种颜色而感到震惊。从视觉形式这方面来看，上面的大块蓝色对下面的小块红色有一种巨大的压力，它暗示着一种阻力，由于人的视觉有把不完整的形状完整化的倾向，所以下面不完整的十字在视觉上有向上延伸的倾向，这暗示着一种愿望，而这种向上的顶力和向下的压力使画面形成了一种矛盾，产生一种力量的对比，隐喻遭受的阻力和冲破阻力的强烈愿望。

图1-3是他的另一张以情爱电影为主题的电影艺术节海报。设计师参照了经典情爱传说丽达与天鹅的故事内容，天鹅象征着爱情，从概念上反映了电影艺术节的主题，另外，画面展现了天鹅柔美光滑的线条，在视觉上表达了情爱的甜美和温馨。

以上两张海报都是说明图形是怎样从视觉形态上和概念上进行信息传达的。

图 1-2

8. FILM KUNST FEST SCHWERIN 28. APRIL - 2. MAY 1998

图 1-3

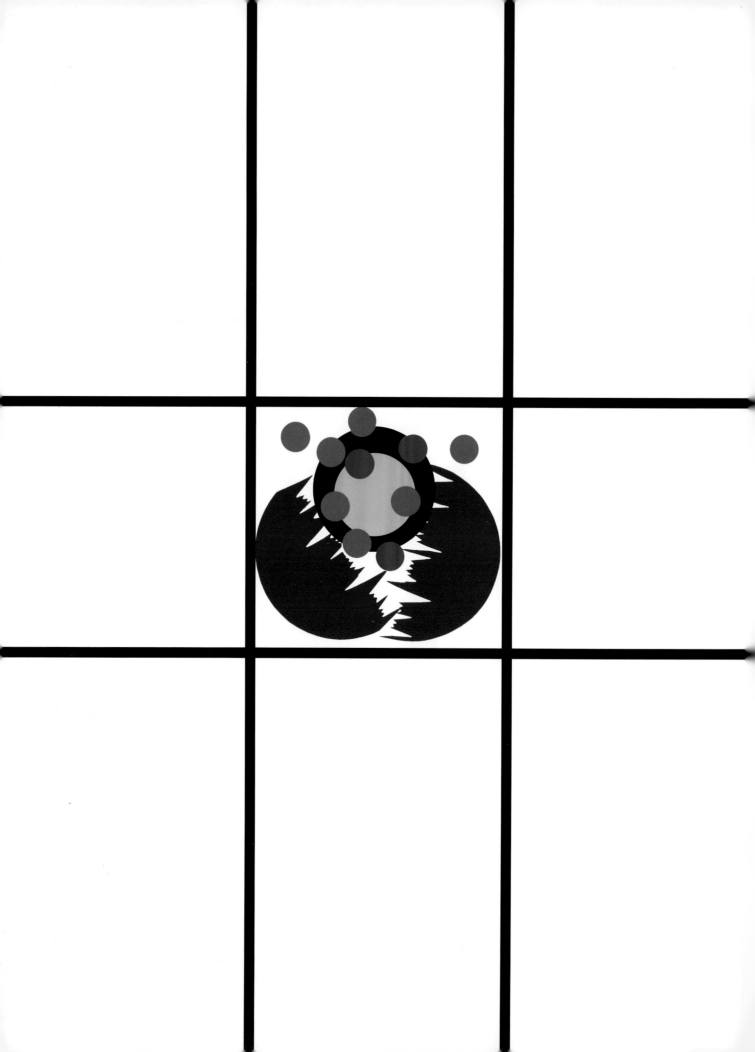

第二章

新图形的创造

第二章　新图形的创造

那怎样去创造一个新的图形呢?

我们还是从图形的概念和视觉形态这两方面入手去做。

一、改变物体原有的概念或形态

我们可以通过改变一个物体的概念，或是改变一个物体的形态从而使这一物体发生变化。

如图2-1、图2-2、图2-3、图2-4的一组照片是"袜子"的概念的改变过程。袜子是穿在脚上的，但如果戴在手上便是手套了，系在腰间它便是一条腰带了，或许你的手臂受伤了，那它便成了裹伤的绷带了，当然你也可以用它擦东西，这时它便是一块抹布了。

图2-1

图2-2

图2-3

图2-4

我们还可以通过撕、压、烤、揉等一些外力手段改变物体的形态，如图2-5、图2-6、图2-7是对面包片固有形态的改变。

图2-5　　　　　　　　　　　　　　图2-6　　　　　　　　　　　　　　图2-7

我们也可以通过变换自己的观察位置去看同一件物体，由于角度和视点的不同，我们的视网膜上反映出的物体的形状也不尽相同。如图2-8、图2-9、图2-10、图2-11、图2-12、图2-13、图2-14，观察者不断变化自己的位置，去观看同一状态下的同一物体——围巾。台阶上的围巾是不动的，但由于观察者的视点的变化，或从下向上看，或从上往下看，或从侧面看，所以我们看到的围巾具有不同的形状，画面也具有不同的气氛。

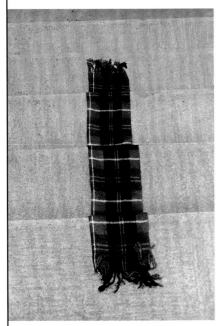

图2-8　　　　　　　　　　　　　　图2-9　　　　　　　　　　　　　　图2-10

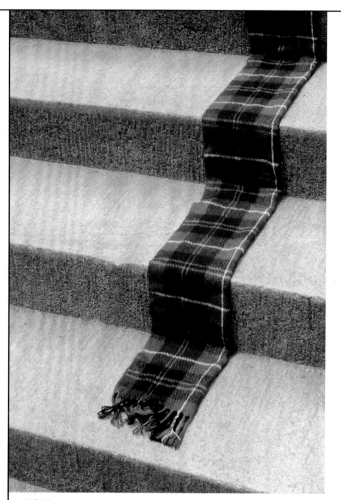

图 2-11

图 2-12

图 2-13

图 2-14

我们还可以通过改变物体所处的环境使物体的形态或概念发生变化。如图2-15、图2-16、图2-17、图2-18、图2-19，是一件汗衫在不同的环境中形态和概念的改变状况。把汗衫放在梯子上，梯子踏板的形状决定了它的形态；在卫生间里，把它套在马桶盖上，马桶盖的形状决定了它的形状；把它放在打印机里，它又替代了纸张的概念和形状；在浴室中，它也可以具备与毛巾一样的用途和形状；把它穿在身上，它是衣服；把它"穿"在书上，它是书的封套。

图2-15

图2-16

图2-17

图2-18

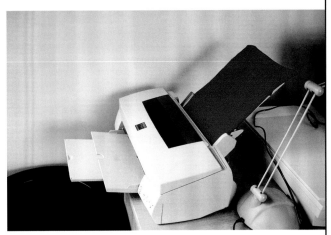

图2-19

　　我们也可以截取物体的某一部分去制造新的形态，如图2-20、图2-21、图2-22、图2-23、图2-24、图2-25，作者用这种手段把日常生活中很普通的塑料杯制作成各种有趣的图形。

　　由于物体的概念或形态改变了，图形超越了它原本的意义，转变为传达某种观念或某些信息的载体。例如图2-5、图2-6、图2-7的一组图形，传达了作者对自然环境的破坏、生存危机、战争危机的一种担忧。

图 2-20

图 2-21

图 2-22

图 2-23

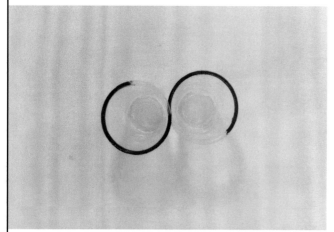

图 2-24

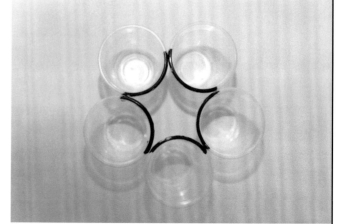

图 2-25

二、在平面中改变原有形状的面貌

在平面上，我们可以用一些构成手法去制造新的图形，创造新的视觉效果。

如图 2-26a 的正圆形，给人感觉它是一个理性的、硬的形状，但通过数个正圆重叠起来的形状却是一个感性的、柔软的形状，如图 2-26b。这样一个简单的手法就能造成图形面貌较大的变化。我们还是以这个正圆为基本形，并依次进行重叠、相切、相交等不同手法的组合，于是便形成了不同的画面，如图 2-26c、图 2-26d、图 2-26e、图 2-26f、图 2-26g。

图 2-26a

图 2-26b

图 2-26c

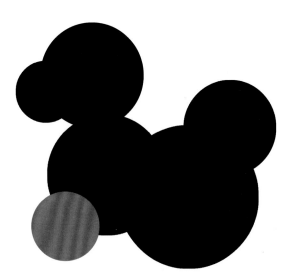

图 2-26g

图 2-26d

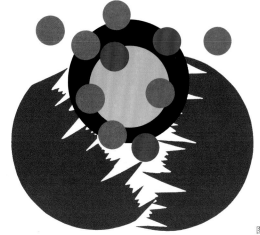

图 2-26f

图 2-26e

图 2-27a

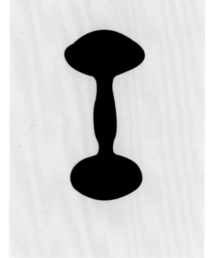

图 2-27b

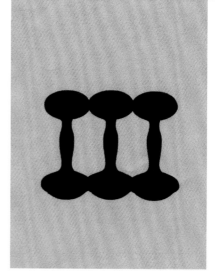

图 2-27c

图 2-27d

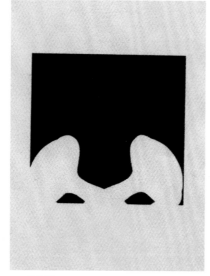

图 2-27e

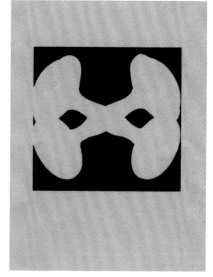

图 2-27f

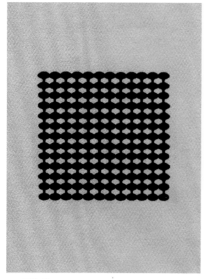

图 2-27g

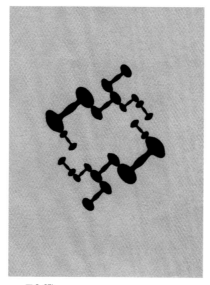

图 2-27h

又如图 2-27a ~ 图 2-27h 是以一个门把手为基本形状,通过并列、重叠、重复、切割、大小对比等构成手段制造出不同的视觉效果。其中,通过基本形的大小对比使画面产生空间感;通过对基本形的缩小和重复,弱化它本身的形象,突出整体的结构,形成网状的新形象;通过形体的斜向放置,使画面产生运动感。

图 2-28a ~ 图 2-28h 是以另一个图形——钥匙孔为基本形做的一组练习。

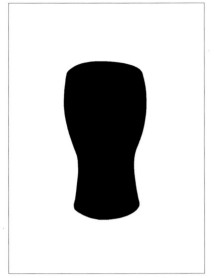

图 2-28a

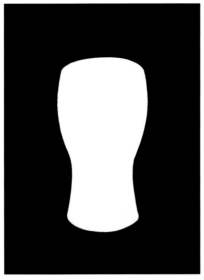

图 2-28b

图 2-28c

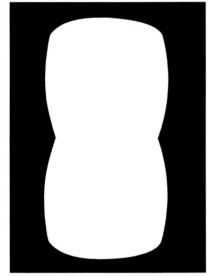

图 2-28d

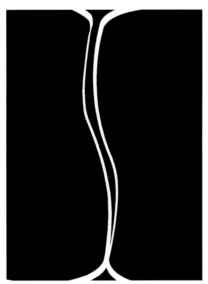

图 2-28e

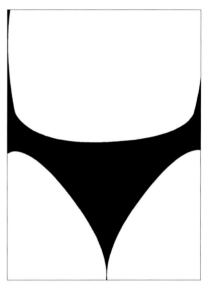

图 2-28f

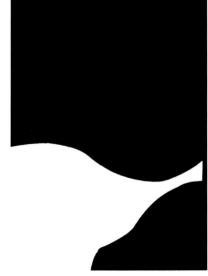

图 2-28g

图 2-28h

图 2-29a ~ 图 2-29c 是一组用重叠手法做的图形变化练习。

图 2-29a

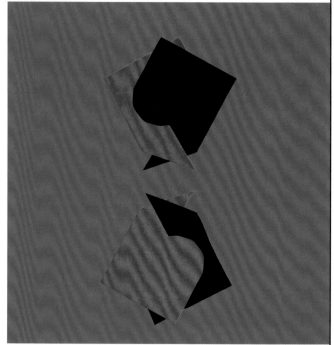

图 2-29b

图 2-29c

图 2-30a

图 2-30b

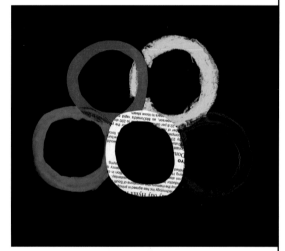

图 2-31

即便是固定的形状，我们也可以通过改变形状的肌理和材料来改变它的形象。如图 2-30a、图 2-30b 用混合材料分别表现了耐克和麦当劳标志的新形象；图 2-31 用混合材料表现了奥运五环；图 2-32 既从材料上更新，又运用了相似的形状表现了"1"字。

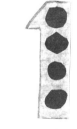

图 2-32

三、平面中的想像

　　在平面中创造一个新的形象，想像和发散性的思维方式是很重要的。如图 2-33，如果当你看到面前有一个长方形物体，这可能并不是你看到它的唯一的形状，因为当你绕到它侧面时你可能看到的是一个拱形或是一个其他的形状。这是由于你观看位置不同而造成的。图 2-34 中的形状因为有外力的影响，如风吹、刀砍或被扭曲，物体原本的形状就会发生变化。如果这个形状是不同的材料做成的，如泥巴做的、玻璃做的或是泡沫塑料做的，当它被重锤敲击时，形状就会产生不同的变化。或者物体的材料是固定的，但当环境温度升高时，这个形状受热后开始变软、溶解，甚至汽化，这时，物体的形状又发生了变化，形成新的形状。

图 2-33

图 2-34

我们也可以用图形置换的手法去制造一些新的视觉效果，即利用形与形之间的相似和意念上的相异性，以一种形象取代另一种形象，通过想像进行置换处理，使图形产生形态上的变异和意念上的变化。这个"变"字，在逻辑上或许是荒谬的，可能会给我们的视觉带来某种不习惯的因素，甚至使人感到有些惊奇，但是，正因为这样，设计的意念才能得到升华，致使设计思维产生了质的变化。

置换图形是以想像为基础的，图形通过想像力的置换，被赋予了一种新的意念，给人以丰富的想像余地，如图2-35是对人形这一图形的联想和置换，这种联想和置换改变了人形这个图形常规的观念和状态。图2-36a～图2-36h的一组照片是利用二维性的镜子置换空间的练习。

图2-35

图 2-36a

图 2-36b

图 2-36c

图 2-36d

图 2-36e

图 2-36f

图 2-36g

图 2-36h

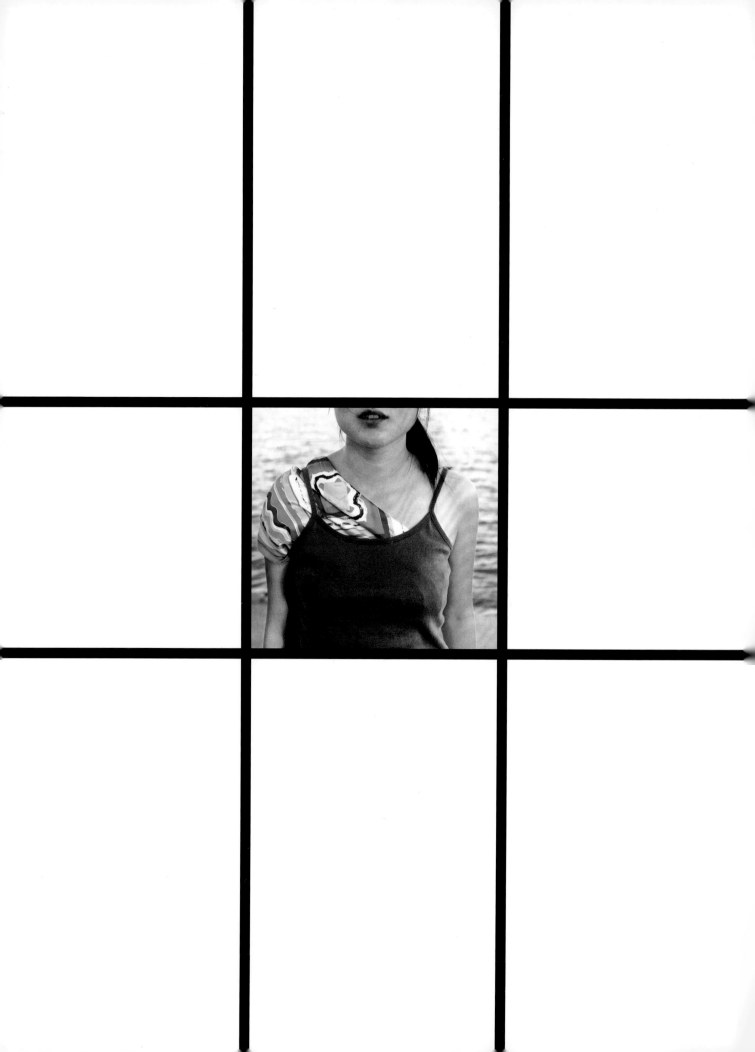

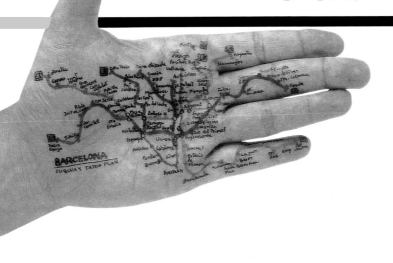

第三章

图形中的概念

第三章　图形中的概念

一、物体的概念

　　物体的概念是人们通过经验和感性认识提取出的对物体的理性认识。物体的概念在一定情况下是可变的，随着物体本身的变化或者与物体相关联的环境、历史背景等因素的变化，它本身的概念也随之而改变。

　　如果在你面前有一个苹果，苹果在你的脑中的即定概念是可以吃的、口味甘美的、富含水分的水果。但是，如果在你面前的苹果是被刷成了金色的，那它就是"荣誉"的概念，因为大家都知道希腊神话中"金苹果"的故事。如果这个苹果是蛇给你的，那它的概念就是"诱惑"，因为大家都读过亚当、夏娃和蛇的故事。如果这个是一半红、一半青的，又是一个丑陋的老太婆给你的，那么它是"毒药"，白雪公主和七个小矮人的故事是这样告诉我们的。

　　同一个物体也可以同时兼备两种概念，图 3-1 中的报纸既是一种阅读物，同时又是一种遮挡物。

　　所以，一个物体的概念并不是固定不变的，在一定条件下它可以被延伸或被改变，从而引申出其他概念。

图 3-1

二、概念的延伸

　　人通常的感官经验或特定的文化背景都可以造成概念的延伸，一般有象征、转喻、隐喻等修辞手法使物体概念得以延伸。

　　象征：象征是指事物或概念在文化中的意义，事物象征的意义已不是事物的本身，而是事物以外的文化意义，比如"龙"是中华民族的象征，"梅、兰、竹、菊"象征人清澈高洁的品格。

　　转喻：转喻是指某一事物的名称被与之常联系在一起的另一事物的名称取代。比如，裙子指代女性，白领指代办公室上班族。

　　隐喻：隐喻是指语言过程中的一个特殊现象，将事物的某些特点保留或被转换成另一事物，当提到后一事物时，就会如提到前一事物一样。这种意义的转换是双向的，比如用羽毛作为一种隐喻手法表示"轻"的含义。又如图3-2用梯子的形象隐喻"延伸"——空间的延伸或是生命的延伸。隐喻思维借助于事物间相似、相关以及结构的共同特点。

图 3-2

三、概念的改变

　　我们还可以通过其他一些手法使物体的概念发生改变。

　　1.提示法：通过某种提示，如物体所处环境的提示，或与物体相关的某种感受的提示来表达物体概念发生了变化，如上图3-1，作者通过行为提示报纸是一种遮挡物的概念。

　　2.同化法："近朱者赤，近墨者黑"，人有这样一种思维习惯。当一个物体的形状、状态或所处的环境等因素向另一

图 3-3

类物体靠拢时，它也被染上了此类物体的特性，它原本的概念也随之向这类物体的概念靠拢，如图3-3，红色物原本是一件汗衫，由于它被折成方形，在同一环境处于报纸和杂志相同的叠放状态，它便成了一件可"阅读"的汗衫。

图3-4

3.合并合成法：把两个形象合并在一起形成一个新的形象，使这个形象成为同时具备这两个形象概念的整合体。如图3-4，把代表视觉的眼睛与代表想像的翅膀合在一起，形成了一个兼备视觉洞察力和想像力的新器官。

4.修饰合成法：把两个形象合在一起，使其中一个形象的概念特征用以修饰另外一个形象。这种合成与合并合成的区别在于它有倾向性，它往往倾向于两者中较强或我们较为熟悉的一个形象，把它作为主体概念而另一个形象作为主体概念的修饰，如图3-5、图3-6通过兽头和兽皮与人的衣物的合成来修饰和渲染这两套服装原始野性的风格。图3-7用小熊的形象来消除人们对于药片产生的关于病痛的恐惧心理，使药片成为一种具有亲和力的物品。

图3-5

图3-6

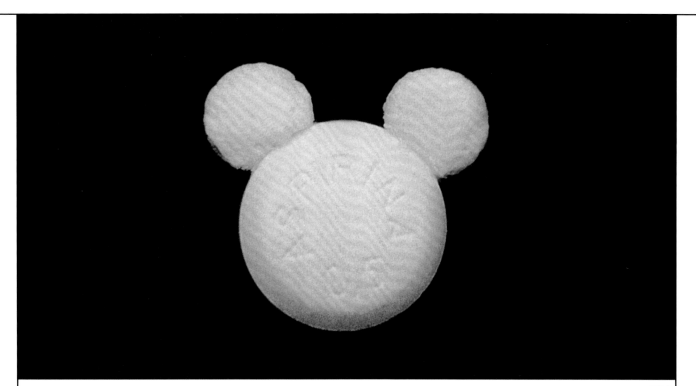

图 3-7

5.交集合成法：把两个（或多个）形象合在一起，体现这些形象共同的特性或概念。如图 3-8，女孩的裙子与腿给你青春、性感、清新的感受和概念，而这片绿色的风景给你生命、阳光、自然的感受和概念。交集合成后，体现了两者共同的概念：青春、灿烂、清新。又如图 3-9 手掌里的地铁交通图，体现了便捷和掌握其中的概念。

图 3-8

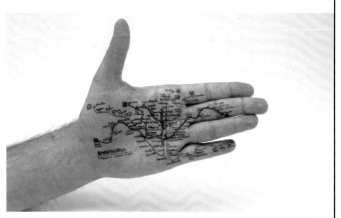

图 3-9

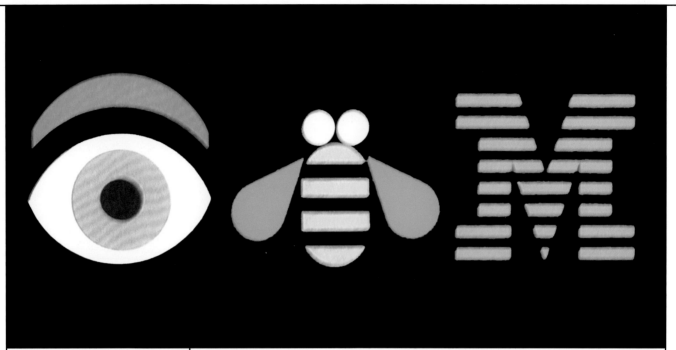

图3-10

6.谐音法: 谐音法即同音异义词的运用, 如图3-10 "IBM" 公司的宣传招贴即巧妙地运用了谐音法表现公司名称的例子, 幽默诙谐, 妙趣横生。

7.悖谬法: 我们可以用非自然的构合方法, 将客观世界中人们所熟悉的、合理的和固定的秩序移置于荒谬的视觉逻辑世界中, 形成悖谬图形, 如图3-11和图3-12。

8.同构法: 即同构异质, 在通常的情况下保持物体的基本视觉构造不变, 却

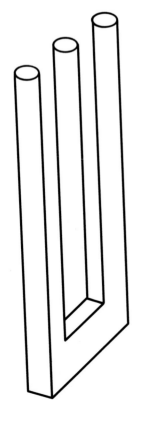

图3-11

图3-12

改变物体局部组成部分的性质, 产生相关的意义, 形成新的图形, 如图 3-13。

9.联想法: 联想是最具有自由性的一种创造法, 由于人的感受的交替联系, 我们往往会因某一器官受刺激而引起另一感觉器官的反应。比如人们可以在欣赏音乐时联想到某一画面。又如有一则广告, 六只蚂蚁抬着一只耐克鞋, 你会感到这只鞋像一片羽毛一样轻。图 3-14 是一则关于 "水" 的通感联想, 背景中的湖, 织物上柔美流畅的纹样, 以及女孩的身体, 三者都包含着水的概念。

图 3-13

图 3-14

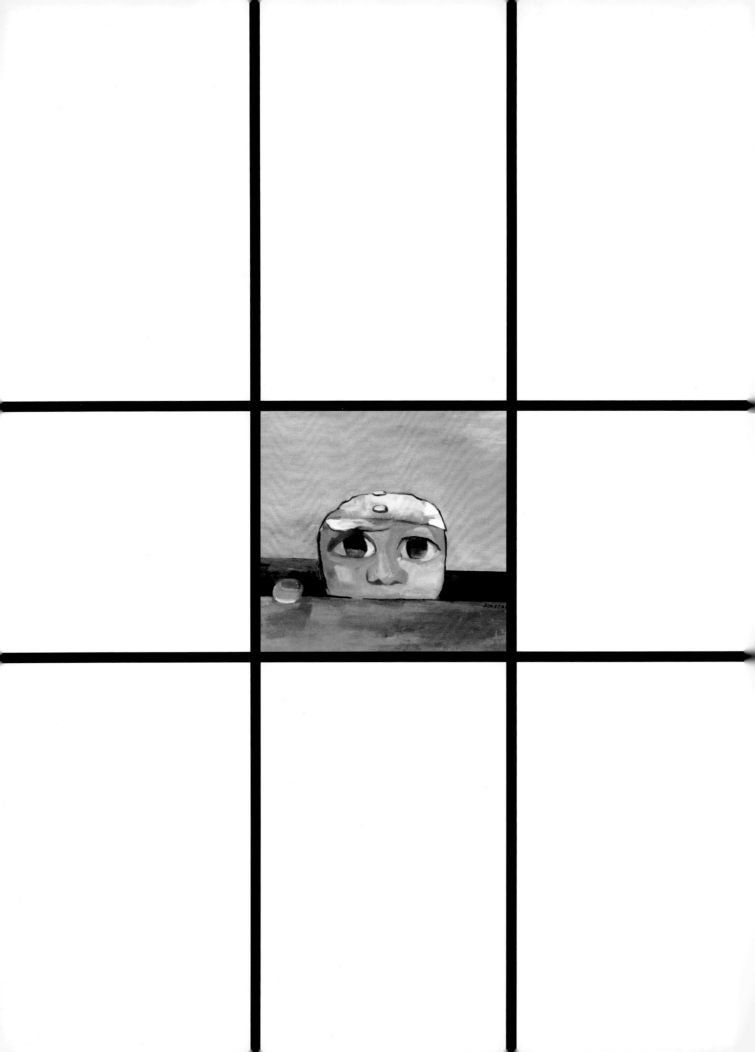

第四章

视觉思维和西方视觉语言的发展

第四章　视觉思维和西方视觉语言的发展

图形的最终目的是信息传达，它是通过自身的形态进行视觉传达的。视觉传达具有一种不同于文字传达的语言体系。

一、视觉思维的特点

我们可以用逻辑进行思维活动，但我们也可以用视觉去思维，视觉思维是一种独特的思维方式，它有一套独立的语言体系。

我们可以通过下面这个练习来体会一下逻辑思维与视觉思维的不同之处。

如图4-1，原先图片中站立者身后是一辆小汽车，当我们看到这辆车后，逻辑思维便开始运作：这是一辆跑车，是什么款式的，可能车主是前面站的这个人……但当我们用报纸剪出汽车的外形并遮住它时，情况就改变了，我们的逻辑思维无法运作了，这时的画面强迫我们进行另一种思维——视觉思维，这是一个长条形的不规则形状，它的水平放置形态与站立的人形成一种视觉上的对比，加强了人形的直立感，报纸上的文字形成的一些直线形与直立的人形有所呼应，但又与人上衣的条纹形成方向上的对比……

同样，我们在观看图4-2、图4-3时，并不会很在意这个形状本身是人还是物，相反在视觉上我们挺注意这些形状在画面中形成的节奏或张力。又如图4-4，我们通过观看这几个不同角度的辣椒得到一个有趣的形状。这些练习，让我们习惯用眼睛去感受事物，引导我们通过视觉进行思维。

以上我们讨论了视觉思维，那么，视觉语言是怎样构成和发展的呢？我们可以通过绘画的发展来考证一下平面的视觉语言的构成与发展。

图4-1

图 4-2

图 4-3

二、视觉语言的几个主要发展历程

视觉语言大致经历了以下几个主要的发展历程：

①古埃及的认知性视觉语言。②中世纪的象征性视觉语言。③文艺复兴及其之后的写实性绘画语言。④现代主义的抽象视觉语言。

（一）认知

在古埃及，无论哪一个物体，人们都是从它最具有特征的角度去表现，"认知"是他们的视觉准则。图4-5中可以看到用这种方法表现人体的效果：头部在侧面看最容易看清，他们就从侧面画头部，但是眼睛从正面看时最清晰，于是一只正面的眼睛就被放在侧面的脸上，躯体上半部的肩膀和胸膛从前面看最好，那样我们就能看见胳膊怎样跟躯体结合，胳膊和腿活动时从侧面看最清楚，所以这张画中的人在我们看起来是奇特的扁平和扭曲，但埃及人却认为这张画是准确无误的，因为他们的视觉语言是认知性的，他们画的不是他们所看到的，而是他们所知道的。

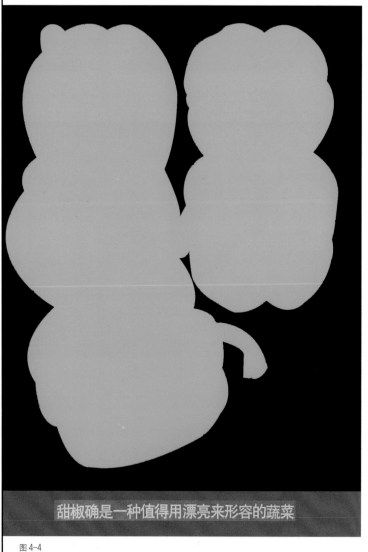

甜椒确是一种值得用漂亮来形容的蔬菜

图4-4

图4-5

(二) 象征

在中世纪，图像是象征性的，如图4-6，这是福音书中的故事，基督用五个饼和两条鱼给5000人吃了一顿饱饭，基督身穿长袍，向两边的使徒伸出双手，递给他们鱼和饼，画面看起来像一个仪式，不像生活中的场景，人物也不是实际生活中具有特征的个体的人，他们只是一种象征符号，比如身穿紫袍、头戴光环便是基督的象征。图4-7的圣母圣婴像中，戴光环的女性就是圣母，戴光环的婴儿便是基督，他们都不是现实生活中的具体人物，只是一种象征符号，在那时真人是不能上画像的。

图4-6

图4-7

（三）写实

文艺复兴运动是一次人性的复苏，人变得重要起来，人们需要看见真实的人或景出现在画面上，透视学和解剖学帮助艺术家达到了这个目的。透视法帮助艺术家运用视错觉在二维的平面上营造出一个虚拟的三维空间。解剖学告诉艺术家人体皮肤下面每一块肌肉和骨骼的正确位置和形状，这样就使艺术家能够准确地再现现实世界。如图4-8达·芬奇的壁画，他利用线性透视法营造了一个近乎真实的三维空间。图4-9是拉斐尔的一幅圣母像，画中的人物是现实生活中可见的活生生的人，而不是中世纪画中呆板的象征性形象。

这种写实的视觉语言被沿用了近四个世纪，直到保罗·塞尚对这个语言体系提出疑问："我们这样看到的是真实的吗？"他打破了透视法则，并牺牲了轮廓的准确性以达到某种画面效果。立体主义者沿着塞尚的道路又走远了一步，他们的绘画的两个主要特点是视点的不断变化和形式永远第一。图4-10是毕加索画的一幅女子肖像画，从脸部、右手、钥匙孔为基明显看出视点的变换，画中人物摆脱了解剖法则的束缚，线条和色彩产生了自身的一种节奏和韵律。

图4-8

图4-9

图 4-10

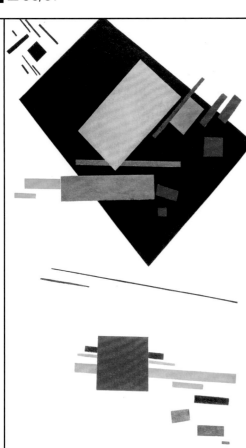

图 4-11

（四）抽象

立体主义绘画的形象虽然离奇，但总还是依稀可辨原本的具象形状，但另一场视觉运动的兴起彻底改变了人们的视觉思维习惯，奠定了现代主义的视觉语言体系，这便是抽象绘画的兴起和抽象视觉思维方式的形成。

在他们的画面上没有可供辨认的具象形状，他们的视觉语言体系是建立在抽象纯感觉基础上的。"抽象纯感觉"一词源于俄国至上主义画家马列维奇的绘画理论。他们在画面中抛却图像的概念、故事情节等因素，留下纯粹的视觉感受。在他们眼里，客观世界的视觉主体本身并无意义，有意义的只是画面形成的视觉感受，这种感受是由"点"、"线"、"面"三大视觉元素在画面上构成的节奏、韵律等视觉效果而形成的，如图4-11、图4-12。抽象视觉语言是现代设计的主要语言成分，也是现代图形设计的基础语言。

后现代绘画中的视觉语言有回归的倾向，图形也较为具象，但它不同于以往的具象，往往更注重形象本身之外的象征意义、情感负载等个人感受或社会意义，如图4-13、图4-14。

图 4-12

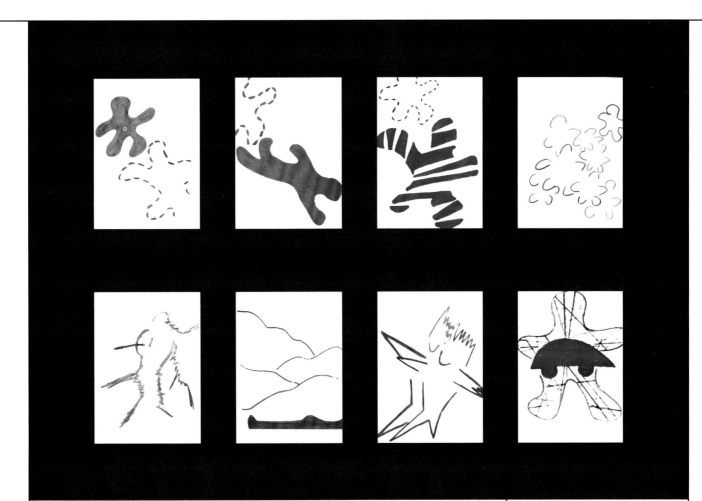

图 4-13

图 4-14

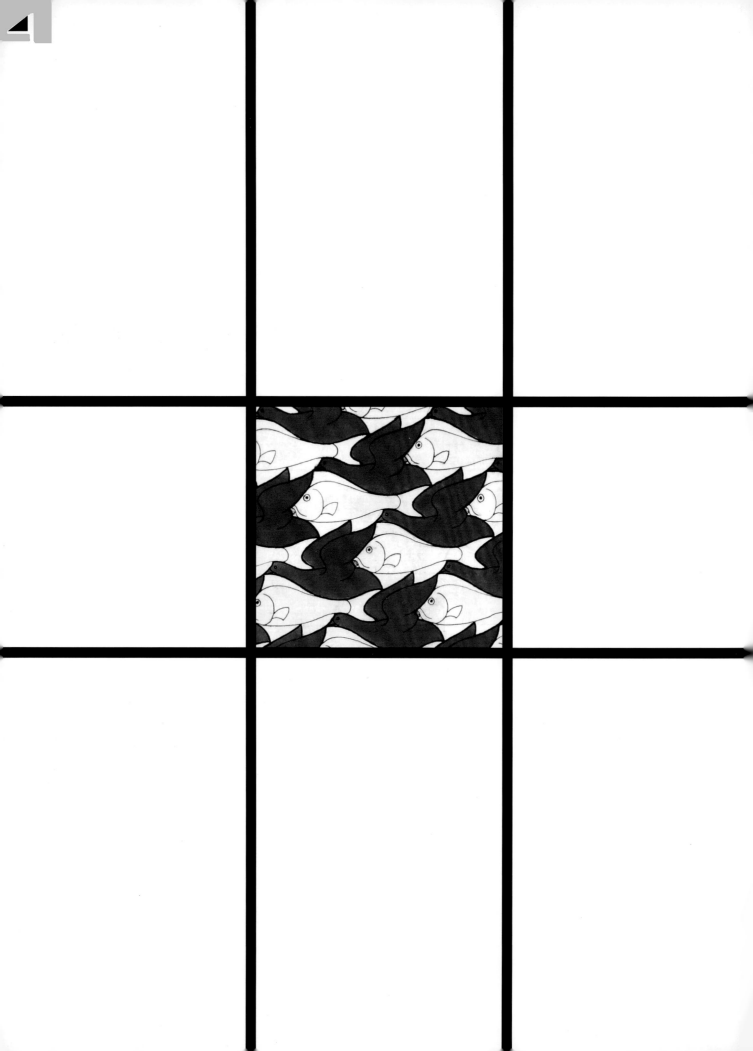

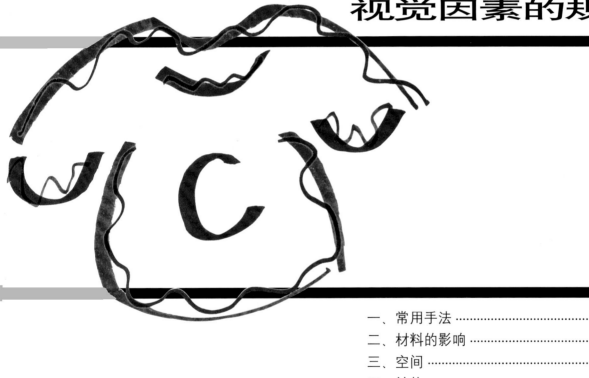

第五章

图形的抽象及抽象视觉因素的规律

第五章　　图形的抽象及抽象视觉因素的规律

　　具象的视觉语言在进行信息传达时，概念传达占很大的比重。比如，图像一般都会告诉你"这是什么，这儿在发生事情。"抽象的图形语言大都是用纯粹的视觉感受来向你传达信息，你看到的是什么样的"形状"就获得什么样的感受。它的传达性比具象的图像更迅捷，形式回味也更为持久。

　　为满足现代生活快节奏的信息传递要求，我们可以通过一定的视觉处理把具象的图像转变成具有抽象性的图形。

一、常用手法

　　（一）删除法：删除多余的视觉解释成分，给人以明确的、清晰的外形，让外形传达信息。如图5-1a、图5-1b、图5-1c、图5-1d、图5-1e的一组叶子的变化练习，作者删除了叶脉的形态，集中视觉注意力表现叶子外形的变化，图形表现看似简单却颇有回味，因为叶子的外形得到充分表达，故图形视觉信息含量充足，使观者不觉枯燥。

图5-1a

图5-1b

图 5-1c

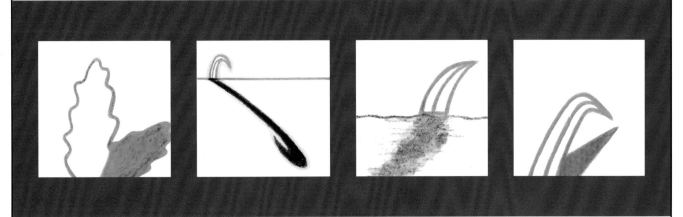

图 5-1d

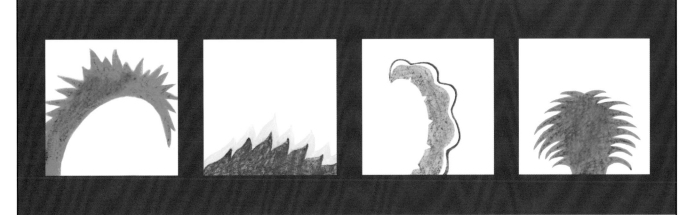

图 5-1e

图 5-2a

（二）提取法： 在具象形态中不断提取感受最强烈的视觉成分，去除次要的视觉成分。如图 5-2a、图 5-2b、图 5-2c、图 5-2d 的一组练习，作者不断从舞蹈者的形象中提取最能反映舞蹈运动节奏的线条，最终形成近似于标志的图形。

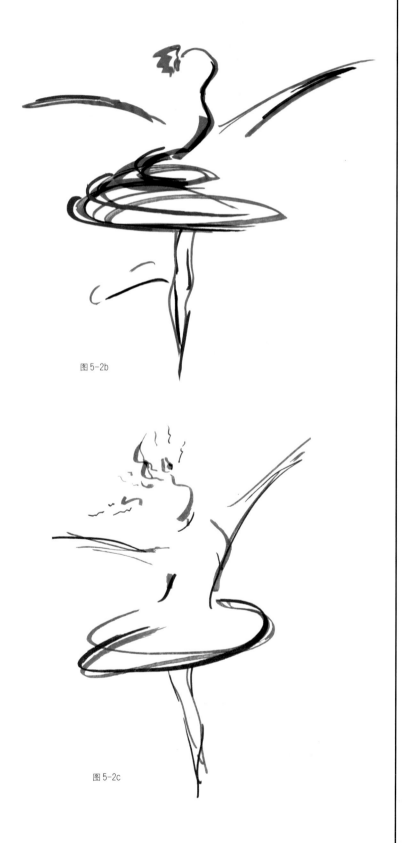

图 5-2b

图 5-2c

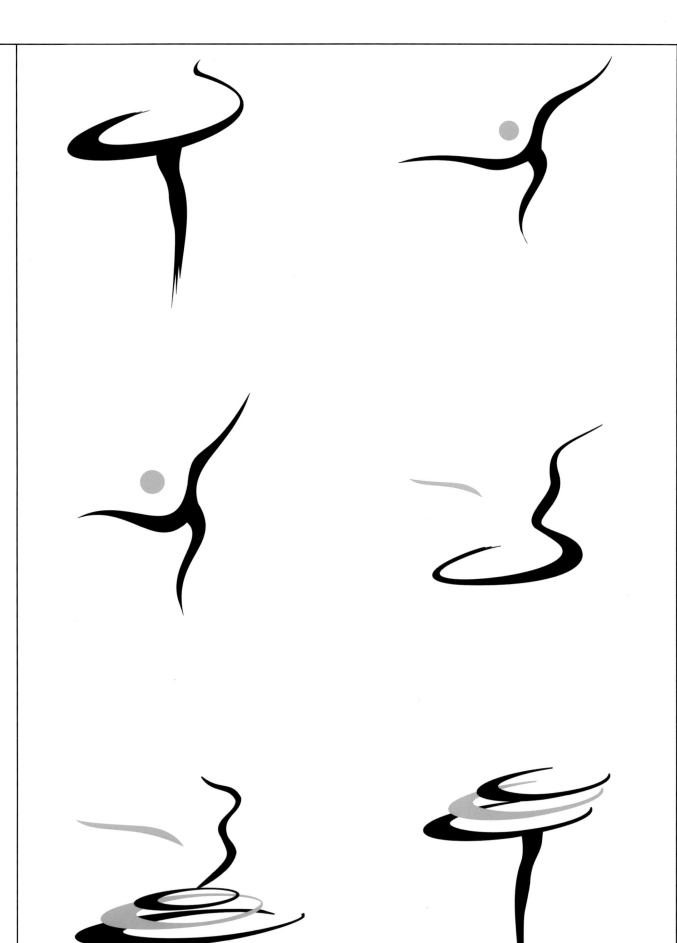

图 5-2d

（三）简化法组合：把物体的各个组成部分简化成最基本的点、线、面等抽象视觉元素，再组合成图形，如图5-3。

（四）局部取景法：用取景框去寻找并选取具象图形局部的一些抽象构成关系，如点、线、面的构成关系。这样就能去除整体图像的描述性和解释性，强化抽象视觉效果，如图5-4选取的女孩头顶部头发的画面。

（五）变形法：通过扭动、挤压、夸张等手段使物体脱离原本的形状而产生另一种视觉感受。如图5-5、图5-6通过丝巾的扭动和褶皱去表现风和水的抽象视觉感受。

图 5-3

图 5-4

图 5-5

图 5-6

二、材料的影响

大家都知道点、线、面是抽象视觉语言的基本元素，是构成视觉传达的基础，除此之外，其他一些视觉因素在视觉表达中也起着相当大的作用。比如图形的材料，不同的材料形成不同的视觉感受，不同材料的运用也产生不同的图形，即便是相同的形状，材料的不同使他们呈现的面貌和负载的信息也不同。

图5-7、图5-8、图5-9是三幅分别以色粉笔、水彩颜料、麦克笔为材料的画面，由于材料特性不同，以色粉笔为材料的画面的视觉效果是松动温和的，以水彩为材料的画面给人的感受是清新流畅的，而用麦克笔画的形象却是快节奏的、富有速度感的。每一种材料都有着其他材料不可替代的特性，又如图5-10、图5-11、图5-12、图5-13是一组以炭精为材料的绘画作品，画面充分体现了炭精这种材料的野性和粗犷的特性，赋予形象原始的生命，这就是材料的选取对画面或形象的视觉面貌的影响。

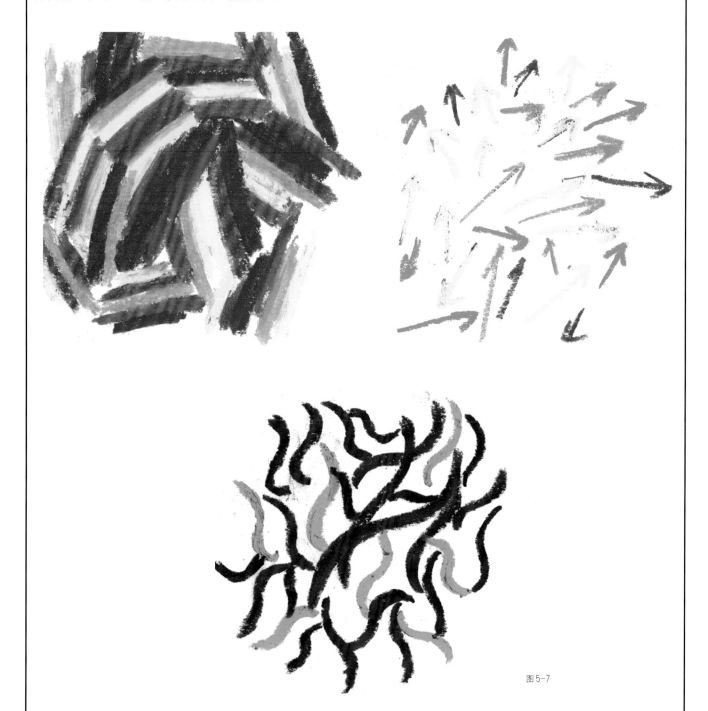

图5-7

图 5-8

图 5-9

图 5-10

图 5-11

图 5-12

图 5-13

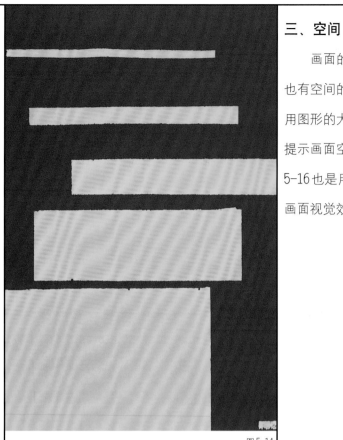

图 5-14

三、空间

　　画面的平面空间也是一个传递视觉信息的重要因素，在平面中也有空间的存在，除了运用透视法则创造空间之外，我们还可以利用图形的大小或色彩来创造空间。图5-14是利用形状的大小渐变来提示画面空间的。图5-15是用色彩造成与画面平行的几个空间。图5-16也是用色彩来表达字母的前后关系。我们通过创造空间来营造画面视觉效果的多样性。

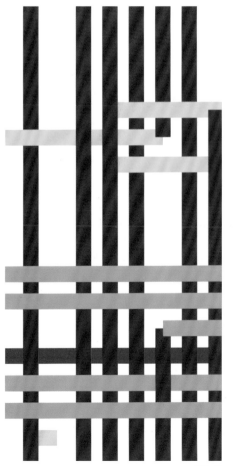

图 5-15

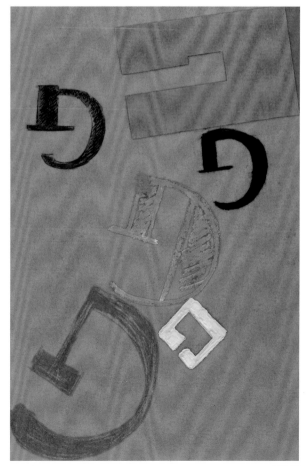

图 5-16

　　画面中正负空间的关系是初学设计时容易被忽视的一个视觉因素。当在画面上画出一个图形后，画面就会出现正空间和负空间之间的关系，形状是正空间，画面中其余的空间就是负空间。如图5-17a，正形是一组箭头，负形是一个网状物。负空间并不是不起作用的空白区域，它在画面中与正空间一样具有表现力，在设计中应该把它考虑成有活力的空间。正负空间处理得好，它们之间会出现相互依赖、相互衬托、相互转换的巧合互嵌效果。荷兰画家埃舍尔的作品最为典型，如图5-17b。又如图5-18的一枚标志设计，正负形的关系处理得当，文字与空白形成一个和谐互动的巧妙关系。

图5-17a

图5-17b

图5-18

四、结构

　　画面的结构也是决定画面效果的一个重要因素。在图5-19中，我们可以看到蒙德里安怎样对画面进行各种比例的分割，表现了理念中的宁静与永恒。这种分割包含着一连串的数量关系，主要考虑整体与部分之间的匀称关系。

　　重复结构是将画面空间划分成形状相等的单位，如各种方向的条纹或各种角度的交叉网格。重复的结构能强化单个视觉元素的画面表达力度。

　　渐变结构是指结构的有规则的循序渐进的变化，这种结构能在画面中产生视觉的运动感。

　　放射是一种特殊的重复或渐变构架，它的画面具有放射中心，可分为辐射和同心扩展两种形式，这种骨架引人注目，有强烈的吸引力。

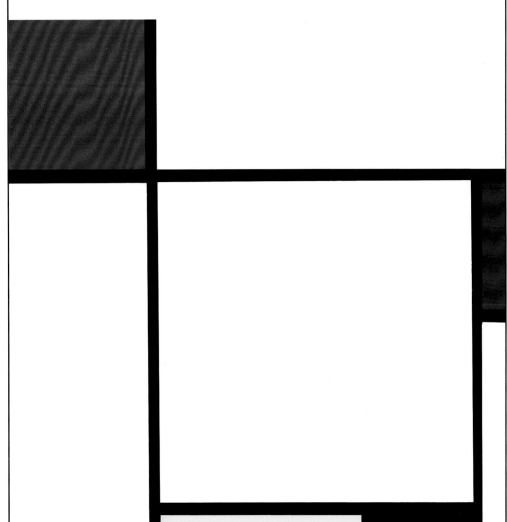

图5-19

五、韵律

　　掌握各种抽象视觉因素的规律才能使画面产生美感，如画面空间的疏密安排。在画面中某些部分安排得紧密，在视觉上产生紧张感，吸引人的视线；画面某些部分又应适当松弛，让观者的眼睛得以休息。一张一弛，把视觉调整在一个舒适的状态下，如图5-20、图5-21。

　　韵律在音乐中是从一个音节到另一个音节的运动，是流动的有重音的调子。在平面设计中，也可把韵律当成一种节奏，它是由视觉元素的重复或变动形成的。如果平均地在一个页面里画一些垂直线，画面会产生稳定的重复韵律，因为这些线之间的空间是相同的。我们的眼睛连续从一个元素移动到另一个元素时是均匀的。如果改变线条之间的距离和线条本身的长短，就可以得到不同形式的韵律，改变颜色和空间位置也可生成韵律感。如图5-15便是通过改变线条的距离、长短、色彩和空间位置使画面产生韵律感。形状的方向、视觉重量的倾向都是形成画面节奏韵律的因素，如图5-22a、图5-22b是以雨点的方向、大小之视觉重量作为形式或节奏韵律的因素。

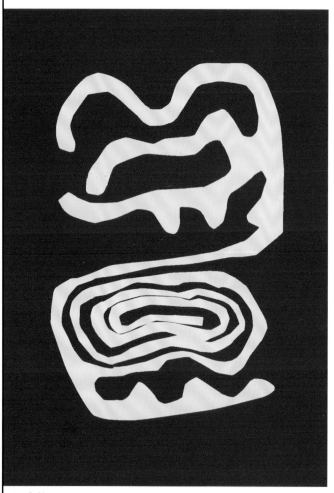

图5-20

图5-21

图 5-22a

图 5-22b

六、力的作用

在营造画面时，我们必须考虑力的因素，我们对物理学引力的经验可以影响我们对画面中力的感受。如图5-23画面中的形状由于"重力"的原因，中间的闪电形有明显的向下运动的趋势。图5-24是把图5-23倒置，由于画面上排的梯形与下排三角形相比体量较大且与中间闪电形相距较近，故梯形与闪电形之间形成向上的引力足以抗衡重力产生的下坠力。在图5-25中，我们可以感觉到画面中央有引力的存在，这种引力是通过形状向画面中央的指向而形成的。在图5-24中由于形状具有两种相对的运动方向，所以使画面产生了两种相互抗衡的力。

画面中具有形状的大小、繁简、疏密对比，色彩的冷暖、明暗、鲜灰、黑白对比和不同形状的差异的大小对比，画面的张力是通过形状的大小对比和色彩对比产生的。图5-26通过不同形状的大小对比产生了画面的力量，图5-27是同时通过不同形状的大小和方向两个因素的对比使画面产生力量，图5-28是通过"B"形和三角形的形状差异造成画面力量的。

正是由于各种力的作用的存在，才使这些平凡的形状能够形成一个个精彩紧凑的画面。

图5-23

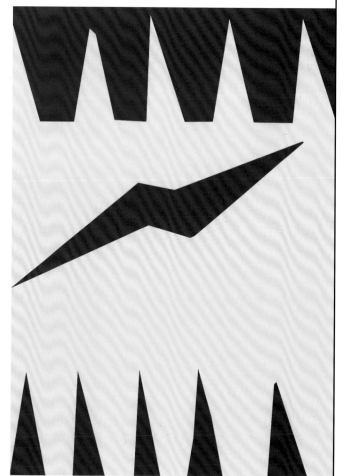

图5-24

图 5-27

图 5-25

图 5-28

图 5-26

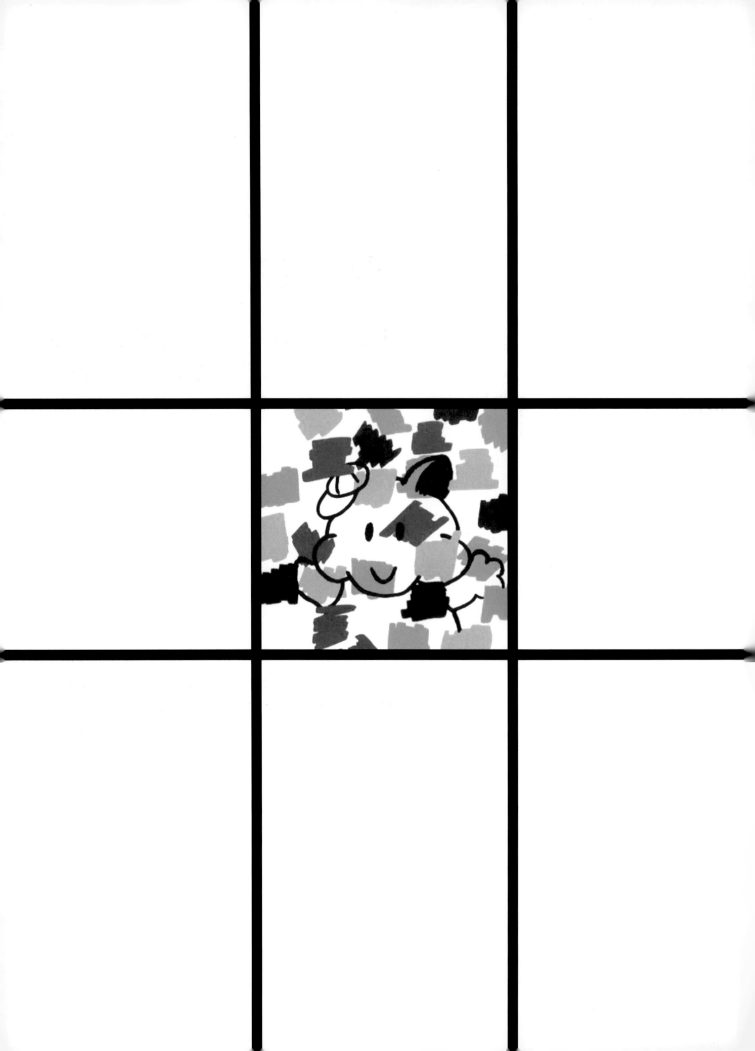

第六章

概念的视觉化传达
和图形的信息指向

第六章　概念的视觉化传达和图形的信息指向

图形中的概念和图形的视觉形式并不是相互孤立的,概念需要通过视觉形式来体现,视觉形式的最终目的是表达概念。

一、文字的图形化表达

概念可以由文字语言来表达，也可以用视觉语言来表达。我们可以通过下面的练习来阐述这个关系。

我们都能阅读，文字能够告诉我们某种概念，比如"空间"一词，我们通过文字在脑海中反映出空间的概念是什么。但如果你把"空间"一词给一个文盲或是一个不懂中文的外国人看，他肯定不能通过文字反映出"空间"的概念，但你可以把"空间"这一文字作图形化处理，用视觉形式作为提示，他就可以得到"空间"这一概念。图6-1a、图6-1b、图6-1c、图6-1d就是通过视觉化的方式去表达"空间"这一概念的，作者首先把文字当作一种图形进行处理，再由这个图形来传达文字本身的概念。

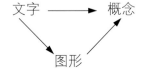

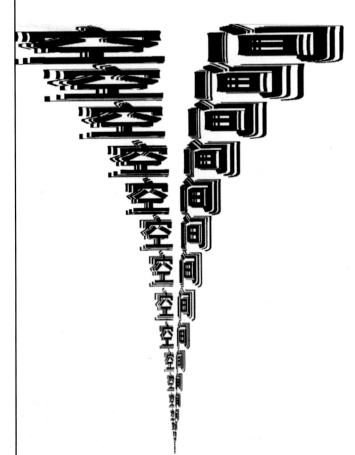

图6-1a

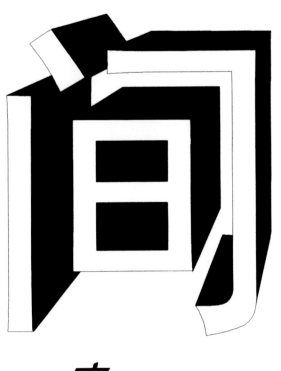

图6-1b

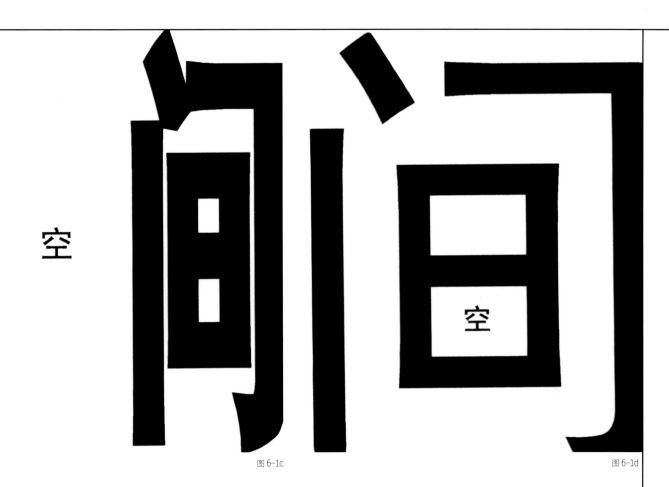

空

空

图 6-1c

图 6-1d

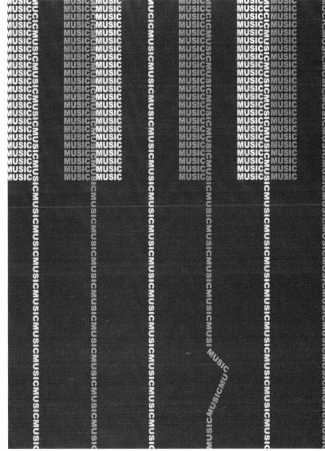

又如图 6-2 中线条的节奏和琴键的图形提示了"音乐"。图 6-3a、图 6-3b 中密布的文字"天空"组成一块有缺损的面，表达了破损的天空，或是用一块正在剥落的面去表达天空正在被破损，影射自然环境正在被破坏，表达了作者对人类生存环境的思考，天空的概念也得到了进一步的延伸。

图 6-2

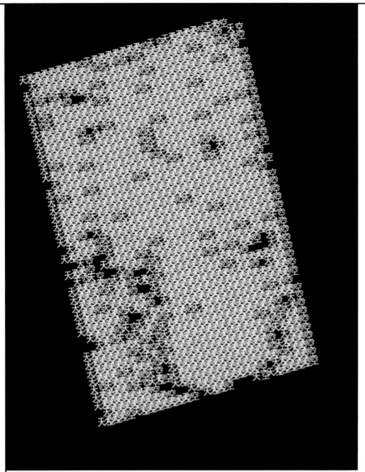

图 6-3a

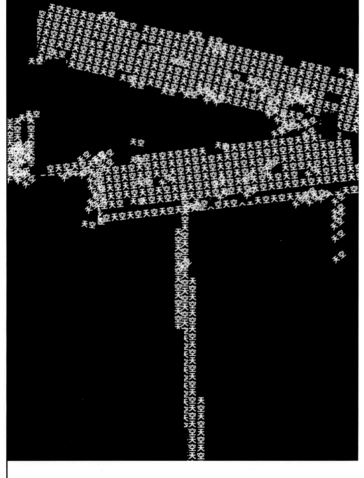

图 6-3b

图 6-4 的文字"light"配以一些抽象的形状，通过放射状的结构来表达光的感觉，提示光的概念。

图 6-5a、图 6-5b、图 6-5c、图 6-5d 是一组对文字"Disappointed"（失望）、"free"（自由）、"idea"（观念）、"surprise"（惊奇）等概念的视觉化表达，这些文字的形式完美地表达了文字的概念。

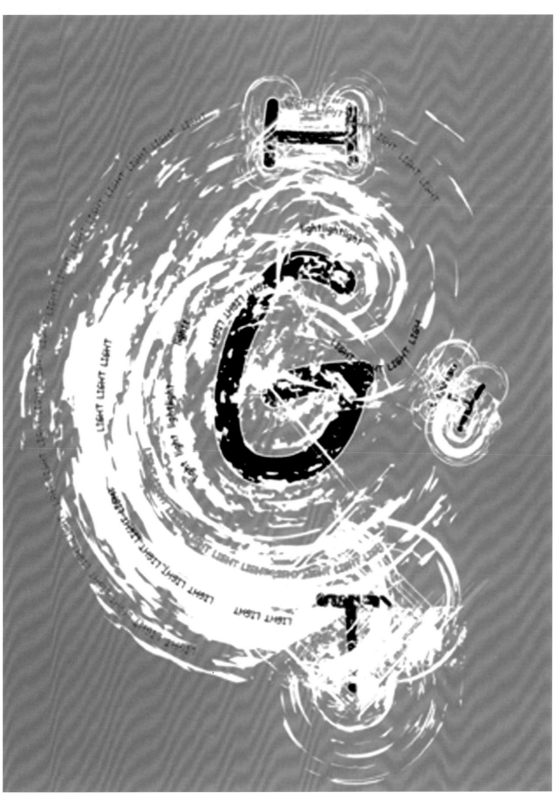

图 6-4

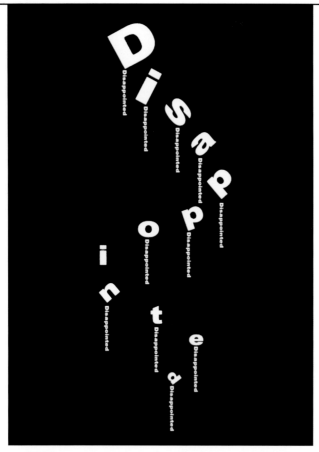

图 6-5a

图 6-5b

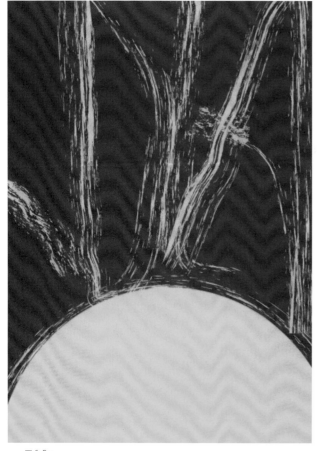

图 6-5c

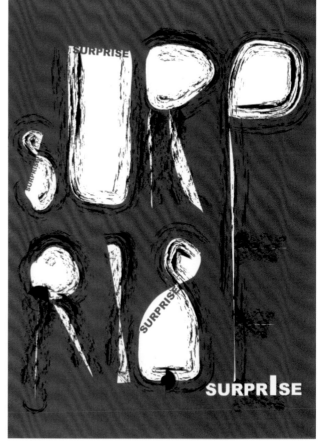

图 6-5d

二、图形的抽象概念表达

我们也可以完全脱离文字，用抽象的视觉形式去表达概念，通过图形的形态、节奏、状态、结构等视觉因素来表达概念，如图6-6。

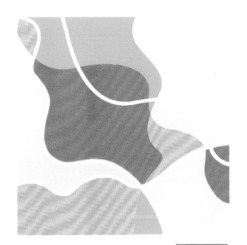

优美

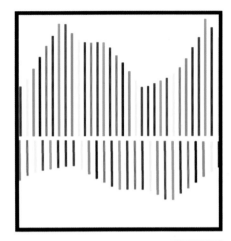

青春

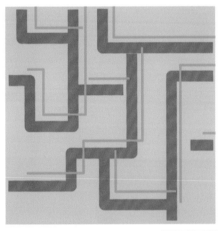

沟通

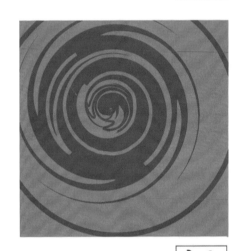

交融

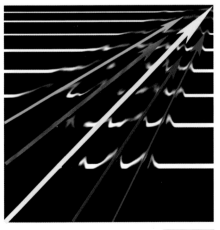

速度

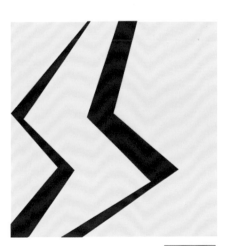

力量

图6-6

图 6-7a、图 6-7b,是一本像手风琴一样可以观看的册页,它运用箭头这一图形作为载体,传达作者生活中的情绪波动,像一则故事,有顺境,有逆境,有欢乐,有迷惘,也有失落。

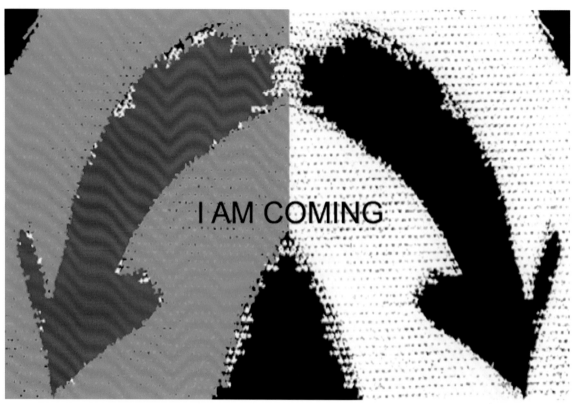

图 6-7a

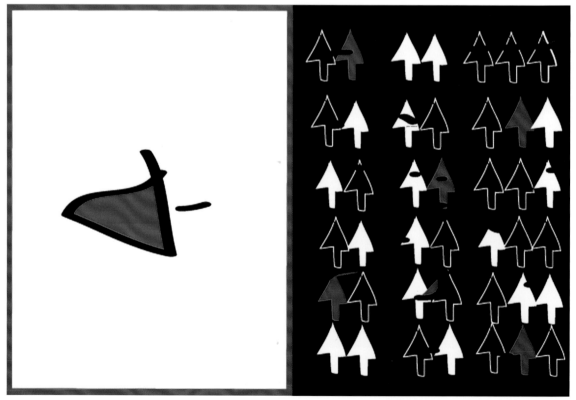

图 6-7b

视觉手段可以同时结合隐喻、象征等修辞手法去表达某一概念。如图6-8a、图6-8b、图6-8c、图6-8d、图6-8e、图6-8f 是一组表达"分离"概念的练习，建筑与建筑之间的缝隙体现它们的分离，人与人之间的感情有了缝隙也会分离，自然的植物中也发生着分离，就像画中的豆荚与豆子……

图6-8a

图6-8b

图6-8c

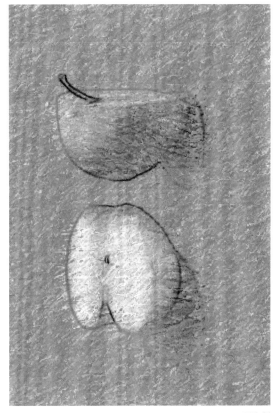

图6-8d

视觉手段可以同时结合隐喻、象征等修辞手法去表达某一概念。如图6-8a、图6-8b、图6-8c、图6-8d、图6-8e、图6-8f 是一组表达"分离"概念的练习，建筑与建筑之间的缝隙体现它们的分离，人与人之间的感情有了缝隙也会分离，自然的植物中也发生着分离，就像画中的豆荚与豆子……

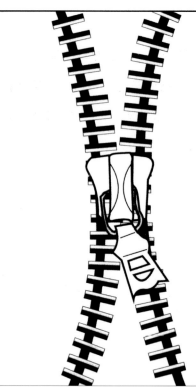

图 6-8e

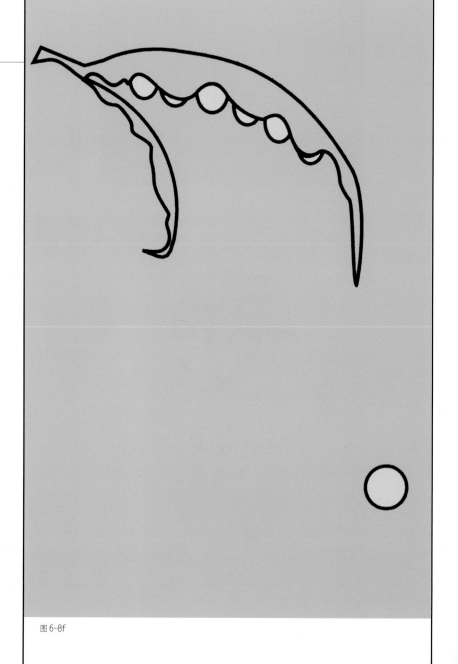

图 6-8f

三、图形的信息倾向

　　不同的图形有不同的信息指向，即便是同类的图形也存在着面貌和气质的差别，形成不同的信息倾向。

　　图6-9a、图6-9b、图6-9c、图6-9d是几个方形的面貌倾向，第一个方形由于高于观者的视平线，它有从下向上的透视感，所以这个形象倾向于崇高；第二个方形形象低矮，倾向于弱小；第三个轮廓较硬，形象倾向于冷峻；第四组方形更为低矮，几乎接近于地平线，在视线中慢慢下沉、消失，所以形象给人以消亡的感觉。

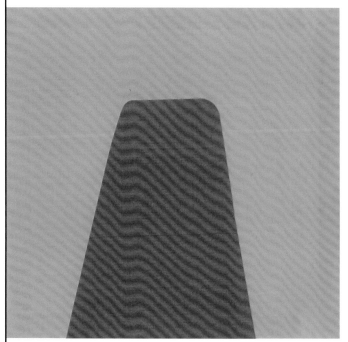

图6-9a

图6-9b

图6-9c

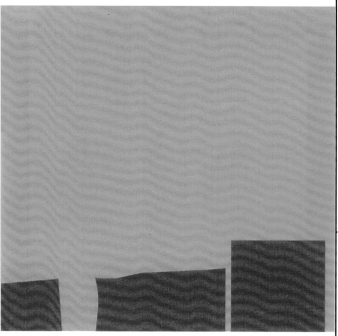

图6-9d

图 6-10a、图 6-10b、图 6-10c、图 6-10d、图 6-10e、图 6-10f、图 6-10g 是一组叶子的形象变化，作者运用形状的差异和线条的变化，营造形象不同的信息倾向。第一幅的叶子形状饱满，线条圆润，图形较为写实，画面倾向柔美自然；第二幅的画面略带咖啡的苦味，因为叶子形状扁而尖，叶脉形状又方，线条有转折，叶子周围的阴影造成凝滞；第三幅叶子的形象纤细挺拔，并且具有洒脱的弧度，画面是清新雅致的；第四幅比第三幅更带男性气质；第五幅的线面组合造成浪漫温馨的气氛；第六幅则是热烈似火的景致；第七幅的叶子具有孩子般的可爱与天真。

图 6-10a

图 6-10b

图 6-10c

图 6-10d

图 6-10e

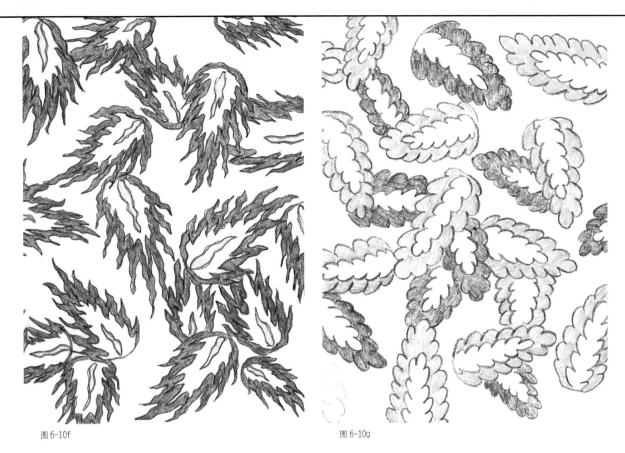

图 6-10f   图 6-10g

以上是通过不同的形式面貌形成各自不同的信息指向，下面一组练习则是几种不同的形式指向同一信息。图6-11a、图6-11b、图6-11c、图6-11d、图6-11e、图6-11f是把小熊设计成一个儿童喜欢的形象，作者用不同的手法对小熊进行儿童化处理，但每一幅的信息指向是相同的，即一个活泼可爱、针对儿童心理特点的形象。

图 6-11a   图 6-11b

图6-11c

图6-11d

图6-11e

图6-11f

　　图6-12a、图6-12b、图6-12c、图6-12d 是一组木质智力玩具的包装，设计师通过不同的图形提示了包装内部玩具的不同游戏特征。

图6-12a

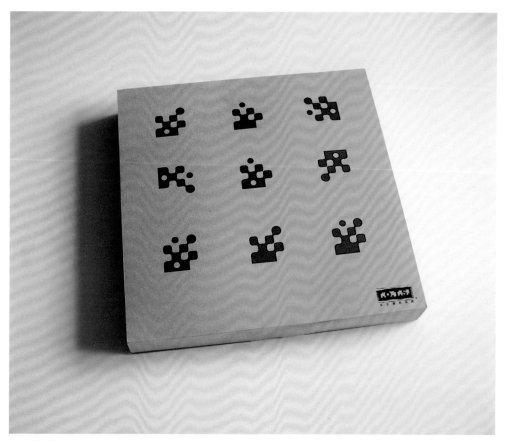

图6-12b

图6-12c

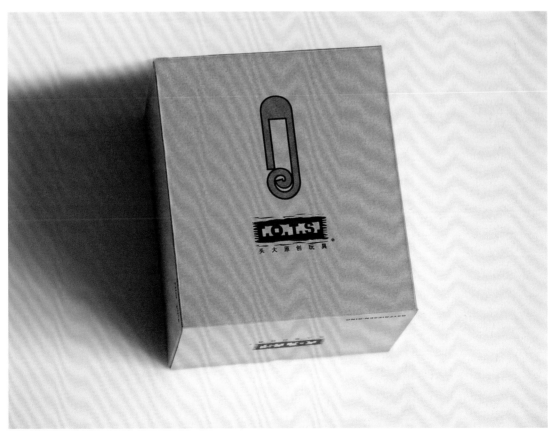

图6-12d

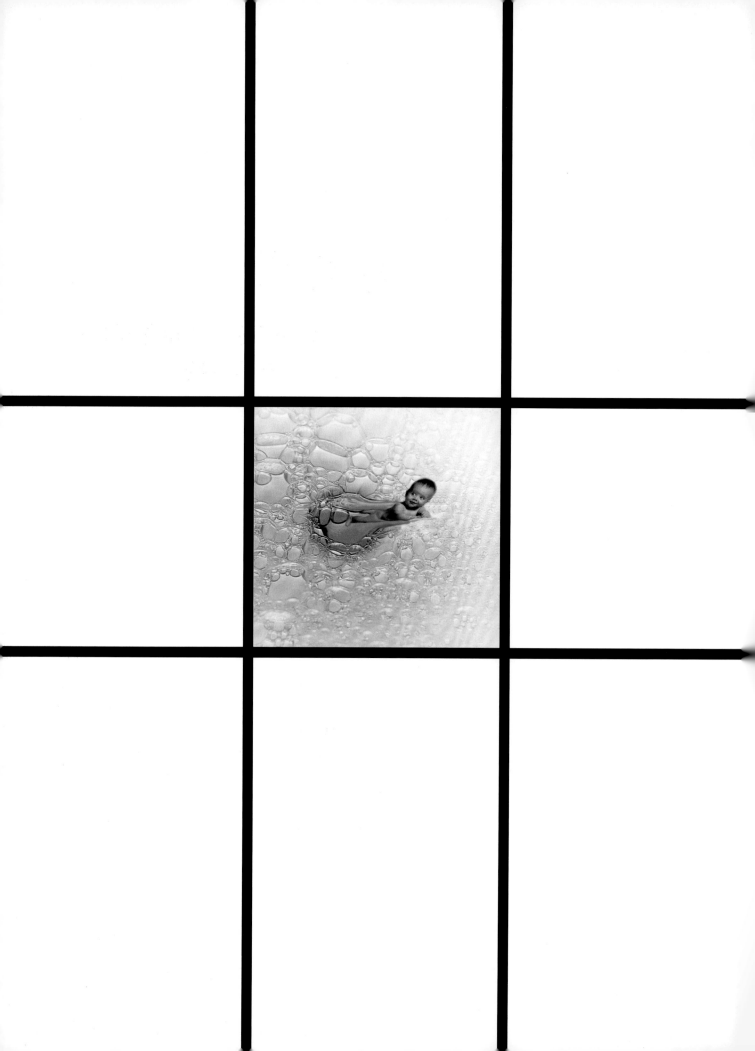

第七章

现代图形的特点和图形的运用

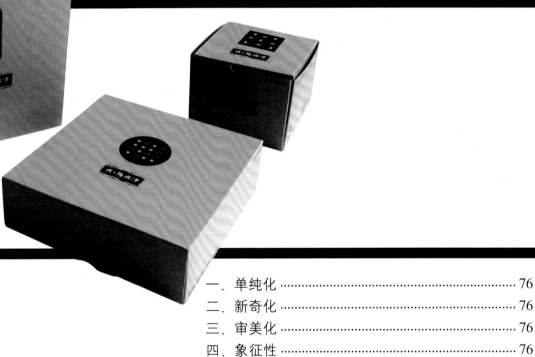

第七章　　现代图形的特点和图形的运用

　　图形的信息传达方式有着文字传达不可替代的功能，而且由于现代信息公路的发展和传播结构的改善，形成了现代图形设计的基本特征，总括起来大致有五个方面：

　　一、单纯化： 单纯化是现代图形设计的基本追求，它将复杂的意念浓缩到单纯的图形中，去除多余的、杂乱的视觉成分，使人能在瞬间感受到设计者的思想和意念。现代社会的生活节奏快，信息含量大，单纯的视觉信息比较容易被人们接受。

　　二、新奇化： 新奇的视觉效果容易吸引人的视觉，有利于强化视觉信息的冲击力。

　　三、审美化： 具有视觉美感的图形能促使被传达者愉快地接受所传达的信息，因此，图形设计追求美的形式感。

激发人们的审美情趣对图形的传达效果有着积极的意义。

　　四、象征性： 图形设计的象征性是透过图形表象去发掘深层的意义，使图形原本的意义得到扩大和升华。

　　五、传达性： 现代媒体的传播方式是在传播者与受众之间架起一座桥梁，媒体的形式限定了图形设计的方式，设计图形也必须符合媒体的传播特性，在现代社会中，多元、快捷的传播形式也就决定了图形设计必须消除各种障碍，使传播更迅速、更清晰。

　　图7-1是纽恩公司为美国斯卡迪亚公司创作的宣传手

图7-1

册，平面造型简洁美观：大睁的牛眼代表解决难题；鲜花盛开象征着投资额的增加和公司业务的蓬勃发展；星星代表一流的服务；辐射状散开的星光意味着公司应用技术的突飞猛进；钟面象征未来。手风琴状的折页给人一种有趣的阅读方式。这本宣传折页比较完善地体现了现代图形设计的特征。

图形设计作为视觉传达的基本方式，广泛地应用于视觉传达的各个领域，如标志设计、招贴设计、样本设计、包装设计、展示设计等几个方面。

标志是图形设计的一种媒体形式，它是视觉设计元素的精华，有着单纯、集中的视觉冲击力和深刻明确的心理震撼力，人们往往可以从简单的图形里译读出深刻的精神内涵，透过单纯的标志符号联想到企业、商品的外观形象和内在精神。所以，标志这种单纯的符号化图形被广泛地应用于形象设计、包装设计等各个领域。图7-2是上海市高校重点学科标志的一件设计稿，方形的形象体现了学术的严谨和扎实。

图7-2

　　图形也是样本设计的重要元素，样本设计中的图形既要符合人们的阅读习惯，又要有丰富的信息含量，并能使人们在愉悦中接受样本中所传达的信息。

　　图形作为信息传达的载体，有着超越文字、语言隔阂的传播特点，所以它作为招贴广告的主要传播元素对广告起着重要作用。如图7-3、图7-4、图7-5中没有出现任何文字，所有信息都是通过图形和画面来传达的。

图7-3

图 7-4

图 7-5

　　包装中的图形设计主要体现在包装中的图像、符号、文字的变异等方面，在一些包装盒、包装纸、各种瓶类包装的标签设计中，均可反映出图形的运用，如图7-6。

　　在展示设计中，除了空间的设计和道具的制作外，都离不开图形设计的成分，图形设计也必须与整个展示空间相协调才能获得自身的价值。

　　因此，图形作为视觉传达的基本方式，在视觉传达设计的各个领域中既有着独立的特性，又在不同的领域中受到视觉传达形式的限定和制约。

图7-6

参考书目：《秩序感》（英）贡布里希 浙江摄影出版社1987

　　　　　《理论符号学导论》李幼燕 社会科学文献出版社1999

　　　　　《视觉与视知觉》（美）鲁道夫·阿恩海姆 中国社会科学文献出版社1984

　　本书绝大部分图片是由我担任的图形创意课的学生的课堂作业组成，故特别鸣谢工程技术大学艺术设计学院艺术设计系王佳妮、吴佳晶、金婉、陈洁、李萍、初俊莹、荣戎、赵圣华、陈晔、周蝉飞、余琳、陈曼丽、朱丽雅、庄霞、段志、张华光、牛菲菲、金佳华、胡静燕、顾天立、翁丽昀、肖静、徐力维、钱君、王茜、徐健、张燕婷、丁雯烨等同学为本书提供图片。

图书在版编目（CIP）数据

图形创意／徐伟德，黄元庆主编．—南宁：广西美术出版社，2005.7
（设计广场系列基础教材）
ISBN 7-80674-732-X

Ⅰ.图… Ⅱ.①徐…②黄… Ⅲ.构图（美术）－高等学校－教材 Ⅳ.J061

中国版本图书馆 CIP 数据核字(2005)第 056383 号

设计广场系列基础教材

图形创意

顾　　问／汪　泓　马新宇
主　　编／徐伟德
执行主编／黄元庆
编　　委／李四达　张红宇　任丽翰　刘珂艳　潘惠德
　　　　　许传宏　周　宏　陈烈胜　魏志杰
本册著者／顾劲松
出 版 人／伍先华
终　　审／黄宗湖
图书策划／钟艺兵
特约编辑／张红宇
责任美编／陈先卓
责任文编／何庆军
装帧设计／阿　卓
责任校对／尚永红　陈小英　刘燕萍
审　　读／林柳源
出　　版／广西美术出版社
地　　址／南宁市望园路 9 号
邮　　编／530022
发　　行／全国新华书店
制　　版／广西雅昌彩色印刷有限公司
印　　刷／深圳雅昌彩色印刷有限公司
版　　次／2006 年 1 月第 1 版
印　　次／2006 年 1 月第 1 次印刷
开　　本／889mm × 1194mm　1/16
印　　张／5.5
书　　号／ISBN 7-80674-732-X/J·516
定　　价／32.00 元